找回钢的灵魂

王大庆 著

作家出版社

　　王六成，1967 年出生，河北磁县观台镇人。河北作家协会会员，

作品散见于《诗刊》《当代 · 诗歌》《当代人》，《光明日报》《新

华每日电讯 · 草地周刊》等报刊。出版诗集《草木之心》。

目 录

深沉与炽热的守望（代序）

——王六成诗集《找回钢的灵魂》阅读小札

蓝　野

"山脉振翅欲飞／薄暮身披蓝色锦缎……／山郭正吮吸雾岚／每一片林叶或岩石都是神祇"，在即将付梓的新诗集《找回钢的灵魂》中，诗人王六成先生这样写道。整部诗集中，多有这样的表达，诗行中气息贯通，舒缓，自然，大气。出生在燕赵大地具有深厚文化底蕴的河北磁县的王六成是我的同龄人，因此，阅读他的诗歌自然有了一份亲切感。我俩的文学起步时间相同，20 世纪 80 年代王六成先生便开始了诗歌的书写与探索，参加各类文学函授，各种诗歌征文写作，并屡屡获得一些褒奖。

河北磁县，是晋冀鲁豫四省通衢，西依巍巍太行山脉，海河水系的两条重要河流漳河、滏阳河穿境而过。磁县北靠古赵首都邯郸，东临建安文化重镇邺城，南接更为古老的商都殷墟。尤其是王六成的老家观台镇观台村，地处磁县县城西南六十里处的太行山区，漳河恰好在此一泻而下，冲出山口，奔涌东流。村庄也因魏武帝曹操登临观台，挥鞭东指，横槊赋诗，意气风发一通天下而得名。观台地下有丰厚的煤层，地上有优质的瓷土，是个得天独厚的好地方，这里不仅是全国有名的煤炭基地，更是举世闻名的中国北方瓷窑体系中磁州窑的故乡。这样特别的地域环境，这样深厚的历史文化积淀，加上我们生存在这个充满着巨变与传奇的时代，是不是应该有值得我们关注的精神丰厚的文学表达？是不是应该有让我们记住的触及心灵的诗歌书写？在繁忙的应对挑战又成就斐然的创业实践之中，在流水一样的日常生活里，王六成先生没有放下他自青少年时代就拿起的诗歌之笔，用这部厚重的诗集《找回钢的灵魂》给了我们最好的回答。

在诗集的第一章《太行之脊》与第二章《漳水之远》中，诗人王六成以真挚热烈的笔调，书写了他浓浓的故乡情愫与质朴的乡土情结。《漳水东逝》的丰富壮阔：家山在望，漳水东逝，历史在这片土地上留下的一切，山水魂魄，枭雄与人民，磁州窑与乡土记忆……在这样一首不到50行的诗歌里，这一切得以浓缩与抒发；在《漳河在这里甩了个弯》中，诗人写道：去往哪里，你选择千年／甚至更加久远／铺开画卷，一望无际的原野／如飘带一般……流淌了千载的漳河水几经改道，而漳河依旧奔流，两岸的原野依旧鲜花盛开，漳河水的奔流不息里又藏下了多少生命的传奇?！——"弯路太过稠密／多出一处风景未尝不可""你修改了秘密去大海深处／能否漫过长长的海岸"。

"一缕风，就是一缕魂／风在，山神在／即便落叶已经失魂／那峭壁上的故乡，也从未／从人间跌落"（《太行山，风是你最慈悲的神》），太行山中陡峭山地上的故乡村落，如有神灵的守护一般，生生不息。……就是这样，在地域与乡土的书写中，王六成深情又别致地表现了他对邯郸、磁县，对繁衍生息的乡土的亲昵之情与守望之思，诗人热爱故土，也深深地热爱着乡土上的万事万物，乡亲、村庄、河流、山岗、树木、石头……王六成在书写太行山和漳河水、书写故土乡情中，达成了一种新的地域与乡土书写的可能，在守望个人的精神原乡，审视、内省的同时，又有着沉厚炽热的深情，他因而给了我们别致的观察文学邯郸、诗歌磁县一个全新角度和丰厚文本，由此也为自己寻找钢的灵魂埋下了伏笔。

第三章《田地之名》是更细致地写乡情与亲人的作品，但诗人王六成在具体的呈现中，也找到并触及了一些更为宏大甚至无限接近于终极的追问与表达。"小路尽头有熟悉的人／蜿蜒背后隐藏蜿蜒的力量／像捉迷藏，摸着自己的影子／如同抓着一片落叶／风吹过后剩下一地愣神的月光"（《小路尽头》），表面看上去，这首诗是如此地别致、生动，往小处着笔，实际蕴含的是现代人"我"的大问题，我们道路的尽头是什么？我们要探寻怎样的自我寻觅之路？作者也诚恳谨慎地给出了答案，"小路一定有另一处风景"！

在《母亲宽大的衣袍》中，王六成写道，"您给了我／一件宽大的衣袍／藏得下眼泪和故人／还应该有一座太行山"，这样的发现，这样的经验，这样的表达，我还未曾在别处看到过，衣袍这个意象被王六成处理得有些"超现实"或者奇幻的意味，但又来得多么自然！当我们被母亲"放出家门"（《母亲宽大的衣袍》），我们怀揣着母亲的爱、嘱托和期待，还有母亲带给我们、教给我们的宽阔胸怀，装得下眼泪、故人、太行山！……王六成诗歌中热烈的情感、坚忍的精神，多数在怀想与念旧中实现，故乡与亲人在塑造诗人的美好人格中起到了至关重要的作用。另外，这种追忆往事的写法，其本质是对宏阔的社会历史与个人心灵史的接续，我们写下，我们便证实了存在，守护了我们经历过的那一切！

诗集的第四章《形影之孤》与第五章《夜有微澜》是诗人王六成的个人絮语，隐秘，幽深，充满着个人心灵跌宕起伏的情感传奇。"一颗星开启夜的阑珊／夜雨悄然细语／檐下燕巢呢喃""蝉鸣／如锋刃／划开不朽／露出爱"（《荒芜的爱》），这是怎样的一种荒芜一种爱啊，轻柔得令人心疼，又陡峭得令人惊魂！诗人对细节和感受的抓取真是太准确了，我们生命的丰富与复杂、冲突与无奈，似乎在这样一首短诗里被巧妙地展示出来。

和大多数诗人一样，王六成诗歌中有一种夜莺般的低沉、哀婉的调子，《形影之孤》与《夜有微澜》两章中，废墟、荒芜、空寂、沉落、蹒跚、流离、颠覆、眼泪等灰色调的词汇频繁出现，这些词汇背后的情感底色是深沉执着，是哀而不伤！其实，这与他成长的经历有关。山水的滋养、田地的质朴、成长的磨难、亲情的温馨，共同铸造了诗人钢铁一般的意志，但他用最柔软的汉字抵达，为阅读者创造了深情壮阔、跌宕起伏的风景。"清风留恋着堤岸／夜幕降下飞鸟已在归途／仿佛一群蚂蚁满怀信心／无声地策划一场劫难"（《徘徊》），王六成写情感，总能由大及小，由远及近，由具体形象而及心绪意志，最终实现文本创造的精神意蕴。

诗集第六章《钢铁之柔》是诗人在工业文明境遇下的意识的觉醒和精神原乡的对抗与图腾，也是读者值得关注的章节。王六成写自己的从商思考，多涉商海中收获的人生体验，同时，也更多地跳出小我，面对时代，特别是对新工业时代一次次深情的描摹，可以说是呼应了当下的新工业诗歌写作，而且更加关注工业时代的生态、道德、人格与价值。因为王六成更多是工业一线的参与者、经历者，比之我看到的这类作品更具体实在也更细腻真挚。"是的，我的右侧／绿色重卡正在超越／倾斜的车身／钢，插在它的肩头／跨越时间，不是没有可能"（《右侧，疾驰的拉钢车》），"齿轮张大嘴，渴望闭合／溢出光，与阳光融化／锻造刚烈的爱"（《轮回，或赤诚》），像这类诗歌，诗人总能在具体的描摹中，找到诗意的生发点，从而彰显出对命运的悲悯与关怀。而当下的新工业写作中，往往只见现场未见生发，或者只见高调口号，未见真实场景，王六成很好地处理了静与动、理性与感性、现场与情感的转换，让本来冷寂的生产场景有了生命的质感，有了思考与感受的力量，也就是精神的力量！尼采说，"诗，是将现实引向新的早晨"，诗人王六成就是那位将我们引向早晨的诚实又巧妙的写作者。

在诗集的所有六章中，我们都能发现诗人王六成很恰当也非常现代地来处理了一个我们面对的终极问题，就是时间是什么。圣奥古斯丁说，时间是什么？你们不问我，我是知道的；如果你们问我，我就不知道了。偏偏诗人王六成是一位有野心的创作者，他在努力追问并呈现有关时间的答案。"悬浮／便是我最佳的选择／如日，如月／何处是终点"，一粒尘埃，也许就是诗人自己，也许就是众生我们，在时间的长河里寻找瞬间的终点，诗人没有强硬地给时间下定义，而是让读者一起感受到时空中我们的渺小。而在时间巨大的魔力面前，作者还是笔调一转，划向了人类永恒的爱"沉落山海犹如魂归故里／相信命中注定的爱吧／无论远走何方／在人间，像一粒种子／有花开也有凋零"（《尘埃》）。诗人如何描述滚滚而下的时间之河，诗人王六成可能是不经意间就触碰到了我们面对的根本问题。

纵览整本诗集中的六章，每一章每一首所涉及的生活和由此生发提炼的经验、意绪、思考，都坦诚地摆在我们面前。无论地域、时间、记忆，都真切朴实，直抵生存和命运本身。这一切来自对生活的热爱，对生命的敬畏，和对艺术的那颗赤诚之心。如何在文学表达中袒露那个真实的自我，换言之，当代诗歌中如何辨认自我，诗歌中那种独特的个人生命经验如何抵达，我想，王六成先生给出了一位优秀诗人的答案。

王六成的诗歌可以有多种角度的阅读与接受方式，这本就是诗歌该有的样子，语义丰富，意境深远，情感厚重。但这本诗集中我所见到的诗歌张力的存在，还是应该提一下，在词语之间，在他者与自我之间，在城乡之间，在东与西、南与北，在此刻与此地，王六成诗歌中的那种因对抗而生成的巨大的诗歌张力，扣人心弦，值得我们在阅读中体会与关注。

让我们在这部诗集中，感受诗人的赤诚之心，聆听那片神奇地域与这个伟大时代在诗人笔下时而雄浑激昂，时而热烈柔美的交响！我期待并祝福这美好的交响继续下去，让我们"做一个写诗的人／活在尘埃里"（《如愿》）。让我们倾听"青山给我的回答"（《山崖迎着苍穹的回声》)！

太行之脊

第一章

山梁划过一道光

山梁拦下阳光
岁月切成东西侧

我出生时，你矗立于
白虎位置
庭院有欢声笑语
山梁，划过一道光
我在襁褓仰望顶峰

余晖洒向远方
你的左侧
草木荣发
院墙低矮
树梢高挑，还有
人字雁阵
冬去春回

你是令人神往的高地

花香覆盖的红尘阡陌

2021年6月6日

山包

炊烟懒散
山雀归巢
山包的脊背上，夕阳疲惫

赶早的人热爱晨光
露珠打湿外衣
我风尘仆仆
是为远行

仰望天空的愁云
手掌遮住阳光的毒辣

默想
山包与村庄相处的时光
无须问答
相互默契

2021年10月5日

山岚

蚕丝状的心事
虚拟出一个世界

白云被阳光带走
夜幕降临，我的贪念升起
山脉卑微，低下了腰身

彼此心事像山岚
村庄就在我的左边
右边，是岁月静好
你，把一生交给了思念

夜色终究吞噬我的魂魄
犹如麻雀划开深渊
先淹没自己，再淹没回音

2022年3月10日

神祇

山脉振翅欲飞
薄暮身披蓝色锦缎
莲步轻移

山郭正吮吸雾岚
每一片林叶或岩石都是神祇

大地敞开衣袂，阔远的
天空，肤色黝黑
梦从山坳口奔涌而出

山岚
就像我没有延伸的
爱，一生都奔命于山海

2023 年 1 月 6 日

醒来

洗却大地苍茫的容颜

万物降生

生命重复生命

喜悦宛若阳光

来人间一场

释放欲望

生在罅隙间

突兀起峭壁般的桀骜

月色溢出静谧

大地鼾声四起

星夜点燃苍穹

春水泛着绿意

缓缓漫过脚踝

2023年3月5日

用眼睛倾诉

雨水漫过眼睑
大地一片混沌
将我陷于长久的孤独
任何事物，都打不开
我的心扉

山脉绵长
静卧天地
从不改变谁的命运

我的沉默，像山脉
在狂风骤雨面前
用眼睛倾诉心中的情愫

一个像春天的动词
召唤绿荫
重返我的山屹

2023 年 8 月 29 日

我在晨曦酒店等你

晨曦酒店，门前的北洺河
水流，小如哭咽
在大山里，悲伤不值得一提

他们在这里都会静下来
听你低唱，阳光和风
鹅卵石
旁观者，有山的孤独

我在晨曦酒店等你
斜阳退去，明月爬上山脊
丛台酒，浓郁飘逸
在这山间，我等你
晨曦来袭

2023年9月3日

东太行的夜

风凉下来
灯亮时，群山露出狰狞
神兽卧着，风会去哪里

初晚，静应是胜利者
一些得不到庇护的昆虫
哀歌如飞

东太行的虚幻
失去了山的赞词

2023年9月3日

北洺河没有涛声

河水安静，你我
无言以对
历史的荒芜
失去了海的涛声

我伫立河岸
循声而来
却不见你的欢颜

一条河之于一种眷恋
有一万个理由
而这不是
你是我最清澈的对视

看见你
我站在了时间的门口

2023年9月3日

今夜无酒

山，长成了一尊尊神兽
迎面而来的夏夜
躲在山后

月亮
陪我，把孤独送来
无酒，我不能宿醉

我真实听到
时间的城池
与风的交锋
浸入骨子的诗
都是洁白的
犹如明日即将
到来的雪

2023年9月3日

瀑布如发

一支画笔
让春天变得不安
轻烟飞溅
瀑布如发
你我不期而遇

质朴的太行
涌出了爱意
我确信自己不能动念
只要赋之以尘
便错过了九天
和高古的神启

沿着你隽丽的秀发
我仅需要一叶舟子

2023年9月3日

群山之上

群山之上，魂魄

被云吊着

言不清的锁

锈迹斑斑

阳光持金色的钥匙

试图把一道道锁孔，打开

老鹰滑翔着风捕获奔命的野兔

众神啃啮影子

一群羊，置身事外

低首舔舐伤口

山

意欲蓄积力量

高过云端

溪水涌出

一定是哪把钥匙

放出了群山的魂

2023年9月16日

太行山与朝霞

沉睡也是一种姿势
如虎踞，盘龙
雾岚擦拭大山
不舍不离

天下之脊，痛与隐忍
倔强与从容
如一个男人的行走
一道道山脊，就是
一道道伤痕

心事积蓄已久
壁立千仞，昂首
仰望，穹宇下
世界空空如一

迎接它们吧
朝霞像远嫁的新娘

男人不善言辞

热量从体内缓缓升起

呼出一口热气

像铺天盖地的霜

从大地冒出，从心田

长出热腾腾的翅翼

山梁，霎时横亘在漳水之上

2023年10月19日

山崖迎着苍穹的回声

云朵吻过你的脸颊

嗅出了野花狂热的气息

像我浑身落满

车马驰过苍穹扬起的灰尘

这是向着乌云喊痛

青山给我的回答

2023 年 10 月 29 日

登山

太行龙脊，西峰之巅
这隐匿亿年的沉默
与我血脉相连

我在这里的探访
更加孤独
一部分在风中飘零
一部分化作山石的嶙峋

一切自带风骨
岩石暴露，经络流畅
灵魂被唤醒
向群山祈求，向苍穹托付终身

悬崖峭壁上
距母亲唤儿的回音很近
攀登，是人间最孤独的路

2023年11月2日

睡佛山

山睡着，佛是山
人间的安静
是明亮的部分

安静让万物隐身
比如此时
我看到的是山
没看到佛

2023年11月10日

太行山，风是你最慈悲的神

在骤雨倾泻之前，静下来
聆听那急促的呼吸
无论从哪个方向
太行山，风都是最慈悲的神

一缕风，就是一缕魂
风在，山神在
即便落叶已经失魂
那峭壁上的故乡，也从未
从人间跌落

2023 年 11 月 10 日

太行山守着秘密

两块青石相近
石头边的野草野花相依
石头和人群一样
相距太近
石缝间就会藏着秘密

石头的缝隙
是大山的缝隙
能生出人的气血
生出漫天彩云
也容得下万马奔腾

我在大山的缝隙里走过
仰视苍天发誓
请允许我内心发出怒吼
我保证咬紧牙关守住秘密

2023年11月10日

雪，是用来燃烧的

雪，毫无征兆地袭来
已然是去岁的装扮
断然叫沧桑
将寒夜燃烧

亿万朵的冰花裂开
被卷入心的，叫绝情
嘎吱嘎吱疼的，是灵魂

太阳是雪的敌人
利剑一般的光芒
穿透前路的灰烬

此刻，山峦能听得到奔流
也懂得燃烧的意义

2023年11月12日

燃烧的山

绵延千里
像鲲鹏在静候
指令
一条龙要翱翔九天
心底必有燃烧

佛守着山的秘密
广善布施
云莲是大山隐飞的坐骑

2023年11月19日

太行山的发髻

与你相遇时，一身素衣
微风吹过
将吹散的愁绪
梳成高耸的发髻

我推开柴门，不忍迈进
轻念你的名字
哀叹自己有过泥泞的双脚
内心不再平静

用阳光为你加冕
你金色的发髻
任何时候想起
都很真实与快乐

2023年11月19日

漳水之远

第二章

溪水之谜

一条溪流，如

流动的时光

远行归来的风

在山脉深处

掀起亿万年峰峦汹涌的神秘

潺潺心语

迂回婉转

让行走

慢下来

挽留曾经撇下的曾经

逃离寂寞与月色

山风柔软

一遍遍眺望

纵身山崖的勇气

溪流若有来生

大海化作山泉
巍峨的山体下
秘密终被酝酿

在黑暗中洗涤阳光
黎明更加清澈
直至大海春暖花开

2021 年 9 月 8 日

溪水之上

溪水流动的上空
皱巴巴的云彩
仿佛刚刚晾干的宣纸
无法舒展漫长的冬季

像我伏身溪流之上
让干渴的喉咙接近
冰层下的水流

岁月停留在溪面
我映在朔风里的童年
是小伙伴脏乎乎的笑
和天空大朵大朵的蓝

时光吝啬
溪水情长，将仅有的一点蓝
送往大海的方向

溪水之上

冰凌花在冬天选择绽放

而所有的绽放

裹卷着时间的意念

脆弱或胆小

固执又隐匿

挣扎并痛苦

还好，这一切

并不妨碍我与溪水的关系

也不能阻断我在叹息声里

一次次地仰望星空

2021年9月12日

为田地起名

几亩薄田，挂在经常念叨的坡梁
倦意多么像落叶，归隐大地时尚在纠结
谷子，苞米，爷爷
粗布衫难以遮掩的伤痕
秋风拂过
季节像眼眸深邃的夜空

田地虽贫，得到尊称是一生的渴望
像谷子入仓，隼鸟飞翔
爷爷在岸崖吐出烟圈
缓缓盘旋的仅仅是奢望

裤衩地，老槐树地，柿子树地
简单的谷穗
虽有朴实的称谓
能有苍生饮笑才是永恒的荣耀

日月不曾轮回在云间镶嵌铭文

历经风雨，鹅卵石

是不变的阴阳界桩

仿佛世间妄加称量天意

谷香已漫过春秋

山雀一茬茬故地重游

这些名字渐渐荒芜

天堂里奔跑的是孩子

有些往事逝去还能重来

2022年5月19日

河岸草青

倘若阳光赐我花香于左岸
右岸的蜿蜒小径
去往清澈奔流的河水
露珠平静
弯月徘徊

风带着我们聆听
蝉鸣，蛙声是岁月深处的
幽静
屋檐下等你，无伞的雨天

河水如君子，揭开书页
一个漩涡，一处河渚
只为觅寻一席安身之所

端坐河岸，你静观红尘云烟
一草之青，燃遍两岸情愫

没有梦是关于你的
苦楝树发愣冥想
这些年不愿道破
像鸟儿戏水从不伤害鱼的善意

等久了，爱的巢穴也会沦陷
像皱纹衰老了，风拂过河面
你不溢出
我心存青涩

河岸草青
留此岸一行，彼岸一行

2022年5月19日

对岸等你

有了对岸
有了桥，是否意味着背叛

小舟正赶赴一场虚拟的爱情
你坐船首迎着风雨
我扮船翁用力摇着桨橹

你穿红布衫
像一朵玫瑰花
哼着小曲儿
一群鱼咬碎月色
最幸福的，是我

后来的夜晚，马灯的光
有令人深感的孤独
河水也醉了，伤心如我
你在对岸
仅有几声犬吠，十分忠诚

小舟独自立命

在一场雪中获得温暖

对岸

你的乳名黯然

慕随河流的方向

湖泊，江海，或忘川

只要你一个回头

我都在对岸等你

就像春天望见秋天

我们，只有一粒粟的路程

2022年5月20日

河岸幽径

月色，凝聚多少清欢
心中的灯火方能点燃
匆匆而逝的青春

雨夜，雷电划开
河的魂魄，像山峦一样对峙的爱
彩虹虚构成桥
蜻蜓在午后漫步
蝉
情急之下
道出空洞的眼神

爱恨既然选择情深
伤楚只是一道过往的汤羹
去左岸寻觅
右岸潜行

垂柳摇曳着云烟消散

不再轻言所爱

幽径钟情河岸
踏雪归来
爱在寒冬里许下空头誓言
原野成为失守的空城

2022年5月31日

河渚宛若天空坠落的云峰

走着，天空的心扉就敞开了
犹如走散的兄妹，云朵
喜悦相拥

安宁缘于上苍深邃
瞬间凋谢的
雨花
是不曾拥有的伤楚

是的，一串雨丝
足以刺疼云朵
叹息流水
时有莽撞
时有无常
尘世之情
坠落后安身事外

磨砺锋刃

用平生之力篆刻水性

与苍穹不舍

与悬崖决绝

钟情江河绵延千里

置身岁月

河渚聚集起爱的山峰

俯瞰人间

亦悲亦喜

2022年8月20日

燃烧的红布衫

地平线宽阔，仅存你在燃烧
不需要转身，你尽管前行
送你火辣辣的眼神
像溪水那样流逝你的年华
仿佛野草不舍我的白云蓝天

你前往故乡的相反方向
你说，离家愈远扎在故乡的根会愈加飞扬
亲人梦乡的惊魂走失
清晨犹如月光的清白

海天之间
大雪纷飞，燃起血色玫瑰
你穿上红布衫
田野浩荡无垠
雪花在我心融化

你说的，脱下红布衫更加悲伤

任其燃烧吧

天地宽阔，微风拂面

那疯狂的鲜艳

是我无所顾忌的思念

2022年9月4日

裹着一身清贫去赴约

一身清贫去赴约
真是愧疚的事
如病了的青春
畏畏缩缩难掩羞涩

黎明启程
奔往大海
歌声悠扬也带着哀伤
人间有多少高楼万丈
深渊啊你再深一些
让恐惧来得更加猛烈
阳光依旧，残垣明媚

手握刚刚出笼的诗作
那墙陈旧得让人心裂
多少悬崖在人间摇晃
死了这颗心吧

诗行像极了送你的雨伞

来得恰逢其时，雨帘垂下

轻轻一闪，宛若捉了一次迷藏

怂恿啊，汗水沿着天堂的梯子

这撞击之力仿佛百米之外枪响

我险些失常

笑出声来吧，窘态奔跑在荒野

久久愣在墙的背面

河流狂啸

桥在挣扎

诗行坠落

一字一个回音

泪，仿佛是你丢弃的诗行

天空又现祥云

你说

再约吧

2022年9月6日

漳河在这里甩了个弯

若不是有难言之隐
谁会改变去向
弯路太过稠密
多出一处风景未尝不可

甩开双臂捋捋错乱
等那座桥隆起挑着两座山梁
赶路
是一次普通的表白

去往哪里，你选择千年
甚至更加久远
铺开画卷，一望无际的原野
如飘带一般
不能直立岁月，你说那样
瀑布会跌落神坛
天空会更加难堪

你修改了秘密去大海深处

能否漫过长长的海岸

竖起一道瀑布

跌入海的身体

重新甩出一个大于九十度的弯

2022年9月7日

等 我

遇见却未曾拥有过
倘若记得人间有我
散去又归来的山雀
野兔逃命
一定怀恨我扣动扳机
这人间的宿怨

放慢步履
天空降下甘霖
那是绵绵秋雨
埋葬枯萎，播撒苍凉

这路口伤痕累累
雀鸟飞赴千家万户，点亮灯火
揭开伤疤，等我
安静地重返人间

2022年9月22日

鱼

落入网中
水一样无声离去

屠刀从不念慈悲
怒火中烧
仇恨是多么肤浅的爱
我鄙视
失去悲悯的世界

张开你漂亮的双唇
吞下我带刺的肉体吧
对于灵魂
我只赋予大海

2022年11月6日

云梯

母亲，你也在思念我吗
炊烟架起的云梯
一次次
靠近你的世界

一双粗手，日夜添柴加火
在天堂
谁的灵魂
温馨过人间

2022年11月11日

琴台

琴韵如潮涌过阳台，沁入
夜幕深邃的眼眸
他不约而至，每晚
在世界如此喧嚣的窗前
揣想
谁在琴台
觅知音

2022年11月12日

露

是夜，绿叶以妩媚之姿
静候你晶莹剔透的坠落

叶片像刀一样
舞蹈，疼痛
惊动了爱神

飞旋之下
欲望以迅雷之势
破灭在
春风到来的路途

2022年11月26日

坡

被逼迫的事物
在大地倾斜
如刀锋
横亘尘世

翻越，腾挪
它们喘着最粗的气
且行，且寂寞

很多事，许多人
彼此依存，缓缓上升

2023 年 2 月 22 日

窗口

烛光犹如金子
将纯真留给了窗口

天幕里乌云扮作香客
它们渴望光
渴望柔软的窗口
像家园，背后有黑和隐痛
也有倔强

我们奔号，将疲惫
试图挽留
萤火般的灵魂

而灵魂的小岛
依靠内心倾诉光
你依偎在我的心间

若隐若现，就这样

让我们卑微，让我们相守

2023 年 4 月 17 日

靠近

靠近，月光
能否治愈
疤痕，天空之上
我们的灵魂碗口大

风筝迷失时
春光还在，云彩
坠亡于乐园

星空辽阔，路口坚守
承诺，步履缓慢
靠近，花香举着悬崖
又轻轻落下

爱的雨花
在熟稔的大地
沦陷

2023 年 5 月 4 日

鱼之外

啃着窝窝头，嚼着老咸菜
在刺眼的光里
与半壁残垣平分秋色

谁不曾爱过
那灼热的窑洞
任由时光蜿蜒

盛宴是鱼的尊严
犹如灵魂宰割
你喜欢的海，此刻间
鼎沸，海水厌恶海水
我在七秒内认出你

除此之外的边界
我宁愿是激流

2023年5月4日

决堤

雨就这样
打通了
伤心的深渊

玻璃窗
流着热泪
屋的主人沉默
风影晃动

大地在哽咽声中
子弹来自失控的天空

筋骨越来越痛
堤岸呻吟着开始反扑

这伤……
它自言自语说

堤坝脆弱地吐出最后的挣扎

2023 年 8 月 12 日

漳水东逝

流淌吧，一万年不回首
金秋已至，对岸
谁唱起民谣
菊花黄，满地霜

请放下你的船帆
停留在渡口的翠翠
点亮了马灯，桅杆倒立
像火柴棒划过夜空
流星坠入群星

漳水去了哪里
曹操去了哪里
水兵去了哪里
翠翠抬头凝望夜空
水空了，三国活了

活起来的还有磁州窑

水火竟然相容
一直烧到大宋
东京汴梁的天空
红彤彤的
和艄公的烟锅一样
从不熄灭

码头在前岸，家在身后
山湾成水，水湾成山
站在坳口，谁都能
听到翠翠喊山的回音
像山花花一样鲜活

是的，生活在窑火的世界里
山与水，就像祖父与祖母
左岸与右岸
常年有釉色的眺望
漳水东逝，带走了
一部分的记忆
而这些记忆的琴弦上
有赵国，大名府，天津卫
有手持长矛，盔甲披身的英雄

摇橹多好啊，煮沸这漳水
山护着它，青烟袅袅起
携着魂，缓缓归隐
此刻，我站在漳水之畔
眼窝发热，血脉奔涌

2023 年 10 月 19 日

田地之名

第三章

你看世界的眼神

你前世的外公
送你雷雨狂风
这个午后成为你
嬉闹天宫的最美时光

那个瞬间
你，寻找
混沌世界里最亲的目光
倾听狭窄的走廊
谁的，笑声最甜

摇摇晃晃迈进家门
你寻觅的眼神
发愣的表情
欲哭的委屈
和你目瞪口呆的父亲

注视你的人

熟悉又陌生

你懵懂分辨

托起你的那双手掌

上苍显现灵气

你轻声轻语，初来乍到

担心惊着谁

然后，你放心地闭上眼睑

歪歪扭扭走进梦里

丢下一堆

嘈杂的嘱托

2021年5月28日

雨过天晴

太阳，露出笑脸
我喜欢的雨突然消失
有多少不舍
向谁倾诉
这第一场雪的野蛮之举

我喜欢雨中无拘无束
最好打湿我的翅膀
浇灭飞起来的幻想
天空浩渺，我无法隐藏
你曾经的盟誓

雪花是雨的前世
雨丝飘落万千宠爱
纵使你赐我漫长雪夜
阳光之下
可有我容身之处

你走了，被阳光逼落悬崖
两行泪珠挂在草的叶茎
我只能隐于
这辽阔的旷野

我化作清风
掀开你的长发
吹拂你的容颜
在你面前打两个旋
你朝我投来春天的眼神

天已晴朗
你昨夜的梦
是我捎给你最好的告白

2021年6月8日

磁州卤面

在城内
一坊卤面馆
少年站在方桌旁
眼巴巴看人家挑起长长
卤面，美滋滋的模样

这些曾经的羡慕与记忆
像吞下
一团浮云

茄丁卤，鸡蛋西红柿卤
盛上一碗惬意的面
像星星坠落
饥饿人的心间

到磁州
卤面的美味都给了它的子民

2021年7月28日

小路尽头

小路尽头有熟悉的人
蜿蜒背后隐藏蜿蜒的力量
像捉迷藏，摸着自己的影子
如同抓着一片落叶
风吹过后剩下一地愣神的月光

一棵结满果子的酸枣树
站立久了，它告诉风
身体会受到伤害
仿佛田里佝偻的老人

我仰望你蛇一样的背影
缓缓游往山顶
山的背后
雪迷恋山野
我迷恋你

小路一定有另一处风景

一处是黑夜的黑

一处是白昼的白

2021年10月4日

晾衣绳

与风相随
深夜的深处
星光熠熠，你却迷恋阳光明媚
渴望晶莹的生活

你扯着母亲的围裙
那粗布养出的褶皱
像我童年玩泥巴的双手
拾柴，捡炭，掏鸟窝
高处的山顶藐视那飘起的风筝

月光下晾衣绳静默不语
星星坠入院落
姐姐的花布衫，父亲的粗布衫
这些缝缝补补的尘世
被母亲一件件清洗

何时你选择了逃离

上苍若再赐一条生存的秘诀

那些凋谢的窗花

怎能错过

岁月静好的再三嘱托

2021年11月12日

今夜已无彼岸

今晚
如何表白
一如既往的爱慕

星光含情脉脉
私奔或逃离
都不及良夜眷顾
这天堂般的夜晚

远山如黛，梦乡渲染
那尽头摇曳着烛光的阡陌
犹如流星
划过生命的印迹

你我擦肩而过
漫无目的的黑

忘情地将江湖淹没

今晚已无彼岸

2022年1月3日

青草

有幸遇见远山
因我而得不朽的名分
依恋你绵绵雨霏
却不见阳光笑容

我喜欢相随
风雨里默守
即使置身悬崖
依然仰慕苍穹

四季延续我的枯荣
我的枯荣在四季常青
秋露是我伤心的泪珠
滚落时将生命献给深爱的土地

青，是我生命的本色
草，是上苍赋予我的属性
我用枯荣守护山川河流

用贫贱的汁液
喂养平凡的人间生命

漫山遍野是你的战场
雪花盛开纯洁的理想
严寒，你历经生的考验
倒下去，是为高傲地站起

感谢远山的眷顾
你的胸膛是我的港湾
我绿色的血液中
流淌着你的鲜红
你鲜红的生命中
埋藏着我的暗伤

幸而与巍峨为伴
那山涧的清流
那飘逸的白云
承载着我的信念，做一次次远行

2022年1月7日

洞穿时光的香气

五谷繁衍
三千年馨香
灵魂蜕变
仍洞穿时光

华夏悠长
酒香悠长
那些细细的文脉
如民间的小调
如山峦悸动
如滏水汤汤

我于丛台宿醉
又于丛台复活与苏醒
我将燃烧于青春属意的岁月

2022年1月10日

雨声密集

窗外，雨声泛着酸楚
她想，这思念多好
工棚在遥远的地方
电视机播放着别人的故事
音量要足够大，淹没夜的寂寞

有风挤进，窗帘抬了抬脚
那扇门急不可耐，颤抖半生
倘若敲门声响起
她渴望一场冒险，让陌生人
把黎明拉回

有几亩薄田，残垣裹着土屋
她喜欢在泥泞里翻滚的落叶
也喜欢在清晨与喜鹊对视

而云天共远
月光同孤

雨声能否再急迫些，雨帘再温柔一点
落叶乘虚而入

天空开放彩虹，一座合拢的桥
伸出手臂，两座大山之间
顺着手指的方向
他是否听到了夜晚轻轻的鼾声
与她辗转反侧的哀叹

2022年10月11日

影子倾斜

父亲醉了，井台斜着
半桶月光
在井底传出破碎的回声

大姐挑着谷穗
这是秋天，小路蜿蜒
谷香回家

夕阳下
黑布衫斜披在父亲肩头
炊烟袅袅
影子倾斜在残垣上

2022 年 10 月 22 日

云烟

虚拟的人间
母亲的手像枯萎的花朵
芬芳依旧
袅袅炊烟
庇佑孩子们，在暮色之前
不要远徙

云躲在月光里
我躲在不安里
不畏云烟
却畏惧，母亲
从苍茫的人海
一步一步走出故土

2023年1月10日

树

谈到死亡时，你
面带微笑，烟灰像一棵树
在两指间
呼呼生风

相信
五百年前的那场修炼
会像悬崖边上的苦楝树
迎风飞舞
远离尘土

子嗣们
在床前静默，为你
窗帘拉开，请入阳光
那棵石榴树在窗前
注视
子嗣满堂的人间四月

倘若祖墓结出

洁白的槐花

那就是你钟爱的繁华

孤独时，心底飘着细雨

愉悦时，清晨有一缕清风

你整洁的发髻

会被风吹乱

此时，你要这样想，在你身边

我正沐浴着阳光

万般温暖，也有万般虚空

2023年1月11日

春风与秋雨

远远望见
你的背影被风卷起
像刚刚拱出地面的草
像树梢伸出卷舌的瞬间

这场奔走
沉默不语
脚下的风尘
漫过膝盖，胸腔
直刺咽喉

亲爱的，你告诉我很痛
像浇透的土地，发出满足的呻吟
像弯下腰再也不会屈服的悬崖

风雨也是上帝的恩赐

用爱抬高的世界

你惧怕什么

2023年2月3日

炊烟之外

村庄静默太久
大地渴望被爱
万家灯火在黑暗中燃尽
像蚕，在春光里
锦绣一生，然后隐退

是的，像席卷而来的网
你选择上升，或疾走
阵痛从未高过苍穹
天地悱恻，忘记了
这是我一生的归途

2023 年 2 月 14 日

春光

合上眼帘

为天空留白

鸟群沸腾，自由之神

用春光作为序章

天空收拢风雨

追逐的习性一往情深

从苦难中逃离的事物

化茧成蝶，用光芒

回馈光芒

为饱受寒流的人歌唱吧

无垠的宇宙

终将放下矜持

一缕暖的风

正返回人间

而我在张开眼睛的

刹那间，一对对吻的蝴蝶

恰好被我看到

2023年3月8日

瞬间是爱漫长的旅途

眼眸的深潭，升起
鲜艳的红日
金色湖泊醉了
牙牙学语的贝壳
绽放即逝的喜悦

瞬间是多久的长度
谁来拯救秒针失常的心率
像青蛙弹出稻田
越过红尘阡陌
与蟋蟀邂逅一场卑微的浪漫

多久的记忆才能成为往事
这一刻，火花在荒野燃放
无数个辗转的夜晚
我怀疑人间尚存贵贱

平原的深度和辽远

捕获你的背影

这么倾心倾肺的搜索

这记忆的发动机

这不懂风月的男人

无数次瞬间

无数次幻想着

杈丫间的蝉，飞翔的翅翼

俯仰天地

你宛若云朵

在潭渊的心间

且行欲留

2023 年 4 月 19 日

香烟的灰烬里尽是灵魂

寻一处静地，最好风也在

与山岗一起

夹住烟卷的裸体

舍不得点燃，那是

眷恋生命渺茫

在烟香的世界

灰烬也会重生

遍地灵魂，游走

无数山梁

邂逅我

吐出一圈圈年轮

老槐树站在原地

注目着风

在山谷间迷茫

2023年4月24日

抽烟的女人

像一颗星在

女人的眼眶里

苦楝树摇着蒲扇在风中

一口接着一口将带着雾气的苦

吹散

男人携着痛逃离

女人走街串巷像风

鸣响汽笛

爱却无法原谅

烟花烫伤了夜

夜的黑依偎着她

黎明将至

2023 年 4 月 25 日

抽烟的男人

如果你喜欢
就蹲着吃饭，抽烟
像山包一样沉默

点亮烟，咳嗽几声
为黑夜提个醒
为悲伤提供一丝光
修一座灯塔迎灵魂回归
香火在海岸上最好鼎盛不衰

烟有灵魂，云分心情
如果你喜欢
就在大地之上
看黄的花，红的海，湛蓝的笑

放下农事像丢了灵魂

在你粗糙的手掌里

灰烬涅槃

2023年4月25日

握着一块云朵

你漂白过的院落
你漂白过的山脉
你素衣一身
为谁驻足
云朵，我喜欢的云朵

我是谁，这要问我的内心
问我在人间时
我爱过谁，或被谁深刻地爱过

握着爱我的双手
握着一块云朵
如山一样的棉花
会温暖谁的家

我们在江岸相拥
在那棵大树下
镶上我的欢乐

你揣着我爱过的云朵

用鲜红的绳索

系着那块石头

飘落人间的火烧云

映红你漂泊的心

2023年6月9日

孙女

爷爷引一群蚂蚁
争执一粒米
归属谁家

阳光攀上阳台
摇着扁舟划过湖水明净的厅堂

篱笆门掉光了牙齿
像孙女在里
爷爷在外

2023年10月29日

母亲宽大的衣袍

母亲，离开您
我别无选择，前方有很多
夜路，还有
不知深浅的沟壑

您知道我跌宕的身世
您把我放出家门
鼓励我，挑战命运

您给了我
一件宽大的衣袍
藏得下眼泪和故人
还应该有一座太行山
如今我登上过无数次太行山
还为太行山配上了文字
我等着在某个落雨的时节
念给您听

2024 年 1 月 22 日

在我面前

在我面前
那些大大小小的树
都摇晃着轻佻的树梢
倾尽一生，我浇灌他们
踱着先生才有的步履
幼苗的未来
我难以预测

森林的星空犹如洞穴一般
树荫有秘密孕育
事物暗藏着悲悯
上苍将时间这柄快刀
恩赐宇宙
将几条阡陌一样的树杈
以决裂的方式
送他们奔往各自的天堂

在我面前，森林

顶着父亲茂密的黑发

小溪匆匆

流经母亲光洁的额间

2024年2月25日

形影之孤

第四章

辙痕

痕迹长长
心事也是长长的
梦乡与
归来的路，迤逦漫长

辙痕一如薄薄的翅翼
飞起
纹理细密
路，在我的心里一天天老去

世事轮回
我们，都拖着疲惫
去往远方
寂静之路忠于寂寞

清晨，布满浓郁的迷惘
夜晚
愁绪恋恋不舍

而头顶的星空

刚好出卖了月亮

2021年9月9日

鸟巢悲伤

朔风中，你淌干了泪
一副骷髅向天空讨债

远行的鸟，空的巢穴
飘动的云，黄土的荒芜
母亲在那儿一动不动

搭建巢窝的喜悦
在树杈间失却
干瘪的树龄
离母亲愈行愈远

苏醒的老屋
悲伤被掏空了

2022年1月4日

雪泥

奉上冰洁之心
与泥土结为伉俪

高贵之身
化作棉絮一样的温暖
为大地孕育生命

我安家原野
还原了洁白无瑕的茫茫大地
那透明的炊烟
与我谈起了孤独

我的血液已融入万物
雪泥是我们的私生子
在这人间
你是我唯一的爱

2022年1月5日

听茶

入杯
轻烟，轻落
汤若天色
映入深不可测的海
远山消失，瞬间了无影踪

爱与恨一并流逝
空与虚无限吉祥
我哪儿也不去
我又能去哪儿

2022年1月25日

我如枯枝一样渴望春天

朔风剥开所有

原野默然

万物裸身

我一贫如洗，这葱郁的青色

这舍我的云朵

一场雪

赌赢了人间宽度

冬眠的树

拦下飘舞的雪花

它们挣扎的灵魂

越过残垣的不屑，撕裂朔风的罗网

面朝上帝

向谁倾诉过哀鸣

寻遍天涯，孤独何以释怀

冬雪过后

我犹如枯枝一样渴望春天

渴望上苍

赐我所有

比如，阳光与我的诗行

以及我朝思暮想的——

爱恋

2022年8月20日

致余秀华

惊出前世，你
摇摇晃晃嫁接爱情，渴望殉情

丘陵涌起风浪
五月麦黄了
稻花飘香
你映出一片火烧云
垂幕西天烈焰般燃烧
你是风流的女人花

你的诗行轻易不流出
致死孤独
星空浩浩荡荡
坠落奇石
地点在楚地
横店

2022年9月7日

致狄金森

你的孤独等同于寂寞
困惑因思念而起
阿默斯特小镇，我常常惦念
艾米莉·狄金森的茫然
此刻，思考爱
你在土壤深处
森林殉情阳光
射出利箭，一只小鸟
苦于无法呼喊疼痛
窗前，伏案抒发妙理
却无人懂你

1865年，信笺落满羞赧
那时信筒简陋，邮差徒步
小镇三千人你要寄给谁

在阿默斯特

沃滋沃斯牧师喝着咖啡
缓缓品咂孤独里的一丝香气

2022年9月12日

徘徊

月光漫过来，碎银铺天盖地
哗啦哗啦搅动一些心事
你用堤岸拽长了时间
悠长的雪天，湖边的窃窃私语
简单，像雪天的白

眉宇间几朵峰，耸立
这世界，倘若你拥有翅膀
一定会有长歌，深渊连着深远
对岸雁鸣，来自一叶小舟

清风留恋着堤岸
夜幕降下飞鸟已在归途
仿佛一群蚂蚁满怀信心
无声地策划一场劫难
借着醉意
悄悄摧毁你自以为是的心岸

2022年9月17日

先生

先生
一壶浊酒
敬你
墨香被岁月研磨
白，会是谁眉宇间的云朵

先生，窗前明月
赐你
窗纱掀开，落叶低语
能否如约，稍等
炉火正突突欢跳，像萤火虫
秋夜里你乱了分寸

先生
这药箱架在大地上，像秋千
荡荡悠悠
盛满陈皮，甘草，当归
脉枕，药方铺就

苍生，煎熬这济世良方

走好，先生

胡同里泛着踏踏的回音

大先生

孔子，孟子，庄子

众子谦谦，庄周一梦已是人间妙语

扁鹊，张仲景，李时珍

大先生们，捋须而立

仿佛淡淡烟尘

在另一个人间

举杯邀月

2022 年 10 月 14 日

白塔

远远的侠客，像迷了路
长衫飘逸，行至凡间
如白塔坚毅挺立

端坐上方，俯笑众生
沉默许久，你
许下诺言要还人间安宁
何为善恶
你坚信因果

跪拜的人深深俯下腰身
你就像宗教意义的雪
镇守一方净土

2022年10月20日

骷髅

爱，失去了
天空那么空
鸟，遁入不见

而爱者可追
可折返，如站台
巨大的留白
令列车一生疲惫
像骷髅
迎风泪流

2022年11月4日

天堂

在三十层
我一次次
擦拭距天堂最近的星光

负一层
谁蹒跚着身体
寻找
去往三十层的途径
母亲低语
让天堂欣慰的是流泪的烛光

2022年11月6日

渡

地球一生悬着颗心，宇宙里有海吗
我坚信
海是幸福的，即使惊涛骇浪
洁白的浪花依然盛装开放

舟无声地泊在地球的弧上
像进入弯道的人生
沉默之外
装满浮躁的心
渡往彼岸

2022年11月9日

佛

莲花盛开
一身泥水的种莲人
坦承
心的叵测撞碎了人间清宁

同为众生
我的心有沧海般辽阔的虔诚
渡你，渡你们，渡煎熬的心门
一叶小舟，橹桨轻摇
即使十万八千里的山海
即使林海化作孤独的绿意
我依旧
航舵行稳
彼岸，此岸，心灯微弱

遥望黑暗隆起的岛屿
绵延万里为你突兀的心境
曙光缓缓梳理细密的发髻

为苍翠茂密的容颜

增添些许沧桑

些许妩媚和妖娆

遗忘在人间的卑微

一朵莲，一片云

一生苦乐

我都愿意奉还人间

2022年11月23日

梦想高于苦难

这世上，总有张床
在它的世界里
有我所有的梦

我的眼泪常常从床的眼眶溢出
我悲伤，它会抽泣
它残疾的四条腿
哼哼唧唧
走了半个世纪，从一楼爬至三十楼
他喜欢月光休假的另半月
窗外幽深的峡谷
是否隐藏着虎视人类的兽

此时，我像一艘载满乘客的船
安静地躺在我的舱位
与大海紧紧相拥
梦想高于苦难
汗水溶于海水

它颠覆了人生的长度

喧嚣的尘世
床三尺有余
足够安放灵魂
收容流离与悲欢

而这张床与我
最后都空了
世界也变小了

2022年11月26日

空

雏鸟裸身从树杈的门洞
窥探
深渊里的寒冬，它声音稚嫩
像天空的一块灰
沉入海底

如此失望
树骗走了落叶的全部
水投奔了月光，留下一口枯井
面对浩瀚的星空

我如何是好

2022年12月2日

尘埃

悬浮
便是我最佳的选择
如日，如月
何处是终点

沉落山海犹如魂归故里
相信命中注定的爱吧
无论远走何方
在人间，像一粒种子
有花开也有凋零

2022年12月3日

如愿

人间

倘若有如愿存在

做伞吧，遮蔽日月

不钟爱光明

权当失明，失聪

世界与我无关

做一个写诗的人

活在尘埃里

像蚂蚁缓慢地蚕食地球

2022年12月3日

夜

夜，生长孤独吗

树叶那么多伙伴

凋零

集体逃亡

像斗笠，黑色的王冠下

病中的镜子追忆憔悴的隽美

萤火

烘焙焦黄的月色

席卷孤独

漫过烟海无垠的心绪

黑蝴蝶萦绕卧榻

久久不肯离去

2022年12月30日

三人

三人
像空寂里照见
高贵的灵魂
如云
在人间，在前世的
茶舍，遇见

三杯盏，香气
浩荡，三个城池
坐而不空

2023年1月20日

致残垣

多年

依偎在父亲怀抱，我残疾的身躯

像太阳硕大

却翻腾身不由己的影子

伤口算什么呢

一辈子，谁不曾摔倒过

雨无情，赐予你的力量

花凋谢，泪花绽放

雪花凄苦，又何曾不知

原野孤寂，孑然一生

堤岸的风景

容我徘徊，让我愁楚

赐半壁江山任我挥霍

我蜷曲着身体，头枕山脉

有禾苗，绿荫，鸟鸣

熟悉的牧笛

久违的夕阳

往事袅袅

犹如蓑衣

忧心日出日落

这半残之躯

任凭岁月轮回

如果你是一道闪电

给这丑陋的人间

给这花海里

给这寂寞的世界

再给这尘埃飞扬的天空

权当我是泥沙，任人摆布

权当我是砖瓦，任烈火燃烧

权当我是你的情人，怀揣恩怨

权当我是一片阴霾，阳光的子嗣

权当我在尘世裸奔

权当世界混沌如初

此生

为谁守残

为谁伤痛

2023年1月31日

废墟

一场爱

轰轰烈烈沦陷

宛若坍塌的家园

苍凉涂鸦了世界

瓦砾也曾泪花四溅

一处伤，一场风雨

那么多灵魂流浪

在荒芜里孤寂

窗扇虚掩

倘若雨雪交加

一盏心灯寻梦而来

哪一片瓦砾

是你散发的气息

2023年2月1日

枯井

断然去了，你的生命
卷入暗流涌动的地狱

合拢眼睑吧，关闭残阳
的唇

魂魄里裹挟着撕裂，疼痛
而阳光，托起所有的事物
一步一步逼近光芒

2023年2月2日

伤

洪流植入骨髓
江河的力量摧毁腐朽
涌向鲜活、坚韧的
大海彼岸
像垒石一次次将生命
偿还给高耸的山峰

伤
像一场溃堤
最痛的，悄无声息

2023年2月7日

一座寺院渴望收留游走的灵魂

一处适合喊痛的地方
一缕清风催泪花飘下
辽阔的湖面当作镜子
揭开伤疤，鲜血痛快地淌出
穿过黄土的核心
让伤透的灵魂再伤一场

何须怜悯风雨
饱受恩宠的雪花
倘若献身盛夏
选择与熏风斗情
这轰动人间的爱
犹如朔风抚慰草堂
宛若暴雨滋润幼禾

一座寺院渴望收留游走的魂魄
双手举香的人
抚过菩萨双脚

逃离羁绊半生的山间小道

重启尘世

重燃烟火

裹一身烟尘的人

游荡天涯

即便一叶扁舟相随

那又何妨

2023年4月19日

破碎

什么样的诱惑
让你心如窗纸，轻触，点亮
雨声急促，朔风翅翼
——张开

酒香醉了星光，黑夜
被龟裂，鸟隐匿于峻岭
天穹深邃，也喜戏谑
山野遭雨鞭抽打，原乡
有一种暗痛
草屑一地，书卷枯萎如秋

云也碎了，扎进我的身体
山摆动鱼尾
雾岚似海，黄昏
以五百年的瘦
说不出任何的忧伤

2023年9月25日

龙头坡的雪

雪落山坡
是诱人的陷阱

此刻，我踩着柔软的衣袂
不小心重摔在地
我渴望，它能挽留
并隐藏我卑微的心事

这漫山遍野的白
纷披了我的渴求
只有一种可能，龙头坡
肯用白花花的时光
留下来陪我
而那条惊慌而去的野狗
比任何时候都令人担心
这空虚的雪夜
一旦高过你的命，便是决绝

漫天星辰怕是要从你的身体里

跑出来

2023 年 12 月 17 日

影子

跟随我半生的影子

却用尽全力，要摧垮我

行走在人间的肉身

影子不会落井下石

也不会对我救赎

阳光下你尾随我

月光下你尾随我

在纯光明和纯黑暗里

你会迅速消失

你消失我会失望

你彻底消失

我会瑟瑟发抖

2024年2月7日

夜有微澜

第五章

掰碎的阳光

我无法明白阳光
翠绿的树荫下
除却鸟语花香
一地金黄的碎片
可否是它神秘的施舍

再把岁月掰碎些
再让步履匆忙些
那早已破碎的爱
能否还原满树的花香

如今，碎过的爱
忠实地躺在树下
仰望天空

我不再怀疑
一切终成过往

轻风拂过

辽阔的土地，铺满幸福的金色

2021年6月8日

燕泥

屋檐虽小，却没有屈从
你用唇修成一座庙宇
世间最近的爱
你献给了泥巴

春天纯洁
新泥接纳了新爱

2022年1月4日

渐次延伸的爱

如今，我来到了暮年
颤抖的双腿，走近
迟暮的秋天

梧桐树下，尘埃重叠着尘埃
足印相视而笑
眼睛却含着春的羞涩

落叶打着滚儿
像我们的热吻
大地密布荆棘的坚韧
或草的柔软

门第是入口的烈酒
失去了当初的烈性
我们追捧的盛宴
衰老之躯也会以身相许
忽略不计年轻的鄙视

人间不为此倾斜

就这样爱着

浓缩的时间里

爱的行程渐次延伸

2022年2月21日

转身

清风摁停你的脚步
不奢求你转身，对我来说
奢侈的妄想犹如鲜艳的红布衫
最好燃烧
不要顾及任何的鄙视
此刻山岚缠绵悱恻
迷醉于夜

上天或有一场大雪
你的原野将沦陷
你的慈悲
可否收容我的沧海

月色笼罩着清冷
咽下去的痛
修补颤动的心房

最擅长演绎的爱情鸟，在天空

低语
泥土要吐出芬芳

转身，你仰望白云
星星也要用心点亮
那是我柔软的心
为你祈念的星空长河

2022年9月1日

荒芜的爱

一颗星开启夜的阑珊
夜雨悄然细语
檐下燕巢呢喃

云影吞噬森林
河流，或一段残垣
遗忘在荒芜里
花伞也凌乱了
蝉鸣
如锋刃
划开不朽
露出爱

2022年9月15日

等我

蝈蝈收敛斯文
白云止于流浪
此时，书信可否寄往秋天
我在林间的徘徊
触动了一片银杏的叶子
闭上双眼
你不只在我的心上

山路崎岖
霞光铺满
而你窗子紧闭
安宁归于大山

朦胧的人间
我用心擦拭星空
试图表达明亮的爱意
等我吧

羁旅归来

将我的山河与思念一并倾诉

2022 年 9 月 25 日

重新路过

久了，你会累
像海水扑向岸
岸并不需要等待
所以水很累，岸很安静

你要从所有的森林
重新认识大地
要从所有的黑夜
重新认识星空
也要从所有的诗歌
重新路过

2022年9月25日

学会了开口

多想拥有一座殿宇

最好在秋天

银杏穿上盛装，只有红葡萄酒和音乐

我不喜欢春色

母亲腹中的

泪水太过苦涩

能淹没所有的日子

我生于一九六七年

时间背负命运

除却枷锁

还有盛宴

母亲

等我

世界逼近我

我学会了用诗歌开口

2022年9月27日

香气（组诗）

一

潮汐别出心裁

涌出一轮红日

喷薄出大海的香，浪花陶醉

潮红的脸颊，犹如少女

田野浸润

收获稻谷的秋天

而谁布下雪的醇烈

人间虽小，天机却深

生命的轮回

在痛苦中宿醉

又干净地活着

大地分娩，开出

梅一样的香气

二

关闭门窗吧

花的香气活着

人间浑浊

你的气息纯洁

房间住进了尘埃

你为何愁容满面

香气是地球上最体面的物种

只负责盛开，不乞求成全

心扉敞开

我以香气为食，活得挺好

2022年10月24日

山菊花

爱在山野寻觅
孤独
是山旮旯里的夕阳

正如某个驿站，在秋天
收获一些往事，填满谷仓
金色是我最美的心境

放慢节奏，弹一首歌
乐谱是漫山的苍白
每朵花都孕育一腔热血

孤单会延续吗
凋谢时，原野相遇盛大的衰败
鸟巢，驻守爱
一如雪花润过村庄的鼻翼

你还会叹息吗

花瓣需要勇气
折断金色的羽毛

2022年11月2日

野菊花

为爱
流落荒野，你在意
我的血液奔涌的沧桑洪流吗

在悬崖
一身高贵，花瓣如金色的刀
劈碎来犯的风雨

2022年11月2日

静候你

车内，我静候你
暖流迸发，像一条河

这夜晚，路途太过漫长
你跌跌撞撞，眉头紧锁
与我们谋面
为迎接这个浮华世界
你紧握小小拳头

触碰了我心中的神明
告别前世吧
你的母亲在阵痛中呼唤你

朔风鼓足勇气摇动着夜色
电话铃声打破沉寂
深夜十一点三十分
你如愿降临人间
真的有些措手不及

我想冲出车外
向你招招手
而我原地没动
流星照亮了夜空
像你哇哇的哭声冲飞苍穹

今夜
你以高贵的身份，成为了
王家子孙

2022 年 11 月 29 日

烂漫之夜

宛若风神的翅膀

惬意原野之上

流布万种风情

圆宇宙一个梦

旋转吧，奔腾的木马

山野，沙漠，海滨

这烂漫之城

闪耀光芒的舞台

电波若清泉，若细流

或可开成灯事，开成尘上繁花

相比流星划过天际

夜隼孤苦的哀鸣

手杖撑起的晨曦

夕阳归巢的雀群

我的烂漫之旅，枯燥的旋转餐厅

风是唯美的野炊

齿轮擦出亲肤之悦

轻轻的，这旋律美妙的

昼夜，正与相逢醉一场

思念犹如缓慢的旋转

大漠深处的安宁

沙滩涌过的温馨

山峦幽深的沉默

闪电撕裂的乌云

都落下细如银丝的忧伤

风满足了我

贪婪的欲望

终有一日，我像

落过叶的枯枝

烂漫为你欢舞

2023 年 1 月 9 日

撕裂的爱

渴望这一天，犹如期盼

这些年，撕裂云彩

撕裂苍穹满腔的寂寞

撕裂风，沟壑裸露宽厚的肩膀

马蹄踏响谷底，犹如小舟

在湖泊中一次次冲向

婀娜的岸柳

瀑布倒立如刃

一念间遁迹

倘若一切回归

白云，相信天空

浪花，相信大海

母亲拼接的世界

挎包里

书香尚存，饥肠中

春雷滚过

脸色里雪花含羞

这个冬季
撕裂长衫的窘容
偿还久违的温柔

2023年2月22日

天空遐想

一片适合舞蹈的天空
云朵化作山峰
清风宛如溪流
牛郎静静期盼

这是鹊桥
相会的日子愈行愈近

舞场的绵长
星河的璀璨
是黄土浸染身心
是银河浪花飞溅
是含泪抬首仰望
是月上切切思念

倘若天公降下尊贵
云梯生出臂膀
银河之水退却

辽阔的星河啊，如何阻碍
牛郎织女

他们是天地媾和
你是我，我也是你

2023年4月20日

云答应海

爱你
就像我爱天空下的那片海
它深沉得像我
不善言辞
浪花的表白
太过浮浅

许多年前，你衣袂飘飘
海滩装不下你的馥郁
海洋空着
海水渴望爱的味道
如你所言
我聆听那首读不懂的音乐
无论云走了，还是云来了
云的世界都是空镜

那好，一言不发
守望那片天空

云答应海时

我接受你的请求

2023 年 6 月 8 日

悲悯

尚未哀鸣一声
便被车轮轧过
草叶，像折断的翅膀
一地狼狈，浆液
成为大地的暗伤

重卡之下
草用生命唤醒
世界有那么多灵魂
以身相许

都是不可轻视的
森林江海，也是不善言辞的
星球邻里，包括我的
悲悯，打断骨头连着筋
伤害的和未曾伤害的
都去了哪里

一台机器，卧在厂房
用锋利消解情绪，像
电机的激情或共鸣
无以援引，何以构建

就这样，世界暗自沧桑
被操控，欢喜乃至抗争

2023 年 9 月 9 日

淬心

你的心用双手呈给我

我敦促火焰生出蓝

那蓝，簇拥着浪花扑向

心的右岸

那藏着的浊气

藏着的灵魂

藏着的鹅卵石

藏着的从黑暗里爬出来的煤

藏着的烈焰

藏着裂变与梦想

瞬间坍塌

我的世界，裂变完成

2023 年 12 月 27 日

我

内心埋藏着煤

想想被挖空

想想被充满气体的日子

想想空了的世界

想想如何填满

2023 年 12 月 27 日

靠近

靠近，月光治愈了
疤痕，天空之上
我们的灵魂有碗口大

风筝迷失
春光还在，云彩坠亡于乐园

星空辽阔，路口坚守承诺，步履缓慢
靠近，花香举着悬崖，又轻轻落下

爱的雨花
在熟稔的大地沦陷

2023年5月4日

更多的事物消失不见

风绕着你

不肯离去

但也裹不住你的伤痕

前半生，你已经

抵达繁华

不管多大的风雨

都装不满

余生，如这

膨胀的人间

饱含灵性，低空掠过

更多的事物消失不见

2024 年 2 月 16 日

钢铁之柔

第六章

商人

如一叶扁舟，浮起
欲望或贪婪，沉下
喜悦或艰辛

推开那扇门
尊严一笑而过
先生范蠡也曾烦恼
弃南越赴边齐炼大盐滋养苍生
端木子贡敬大儒
写尽名士风流

不逐利何以养天下
商人为儒，也为奸
不乞灵于上帝
只求全于历史

2023 年 5 月 4 日

轮回，或赤诚

齿轮张大嘴，渴望闭合
溢出光，与阳光融化
锻造刚烈的爱

伤悲或压抑，也有
高速转动着的欢悦
像地球一样轮回
像太阳一样赤诚

旋转秒针般细腻的翅膀
衍生永恒，铸出锋芒
为命运的苦旅
为父亲行走了一生的大地

2023年5月12日

啄木鸟循迹而来

在人间熔炼
幸运的梦，不曾邂逅
意志的利诱，救赎般火热
我以千斤之鼎，铸起方圆十里
盛开的灯火

生活捆绑着生活
钢筋如骨，蝼蚁附身
泥沙吞噬了酒的烈性
暗伤的身躯
卑微的硬板床，拱起森林般大厦
谁迈着碎步，在云霞下

啄木鸟循迹而来
在森林的风中，不停地啄

母亲的乳名

像一声声叮嘱，轻轻飘忽在

薄暮或星空

2023年6月4日

断裂的琴声

垛起的钢筋，随性开花
长成山一样的森林
绿叶竖起锋芒
时间磨砺了时间
在岁月末端
果实成就幻想的丰硕

钢花凋谢，一身烟尘
行走途中，宛若蝉
挣脱了哀鸣
为重生绝迹

以为尘世不曾相忘
以为栈桥的斜阳里，旧爱犹在
一如初见

故而，我成为我之前
犹如一团钢卷

向楼宇祈祷

收容我灵魂的苦难

我朝着我的方向

卑微屈膝

套上枷锁

我成为我时

一盘圆钢，正逃离父亲生锈的肩胛

2023年6月8日

钢花眼含着爱

这就是我爱过的前世
今晚分娩的痛彻
像柳荫下我们相拥
心扉激越

山，遍体鳞伤
被你伤成的沟壑
对着云霄怒吼
愤怒时撇下漫山的野花
摇曳着自由，萤火
它们嘲讽风的飞翔，却忘却
曾经的荣华

还好，钢花绽放点亮今世
一身烟尘
沧桑、辽阔、狭隘
繁华的尘世啊

渴望太过寂寞

等候过于沉重

生命孕育生命的生命

简单，也冗长

篝火吐出烈焰

微笑那么原始

它们相互映衬，照亮彼此

心，凝聚成火炬

鲜血映红奔涌的天际

像钢花，即使沦落

也恣意闪烁

像鲜花勇敢地凋谢

却保留优雅

在广袤的田野孕育爱

2023年6月20日

经营者

钢，吐成一圈圈烟
失去行走
堆在一起，望远处
圆圆的人世

拉直它们的四肢
在九十九层楼上
俯瞰
数钱的手从舌尖
拈来几滴唾液

2023年6月22日

习惯钢堆如山的样子

钢，如五月的麦垛

秋天的玉米

钢，也交出果实

如山的魂魄

祖母裹着头巾，花色艳丽

祖母的祖母扯直地平线

她们顶着一团乱云

远远地晃动

钢灰色的心情

铁镐尘封爱说话的嘴

魂向深处掘进

祖父没有打算停歇

巷道内一群挖矿的男人

就这样走了几个时代

炼狱从地狱开始

矿石本性就憨

魂交给烈焰，它相信

它们没有命运可言

耸入云端，不展露高

它们只喜欢钢

如山的样子

2023 年 6 月 22 日

灵魂的灰

断裂，淬炼
灰色遍布人间
神明消息全无
仰望，烈焰中的一切
即将毁灭

我一万个不情愿
烈焰有烈焰的使命，你也是
热吻穿过炉膛，单薄的胸口
有多痛，钢水就有多热情
这一些，人间清醒

魂魄失散，洗劫一空
熔化过的意志
更加纯粹、坚硬
重塑成朝阳的金色

而金色的汗渍，不是用来

告慰的，它内心有盛开的花朵

和钢的魂魄

乃至你钟爱的灰，魂里

裹着的，是一身布衣

和情不自禁的爱

2023 年 7 月 27 日

飞鸟在钢山啁啾

绿荫，跳下钢的悬崖

阡陌斩断情丝

叶子去了哪里

斜影正逢长身体的时节

屋檐尚未翅翼丰满

哪里还有空间

足够相融

我们对视的情愫

宿鸟飞出

钢山属于城市

坚硬的翅膀，灰色成为标签

钢的一生

很孤直，没有爱情

但它在楼阁里

卧薪尝胆，像勾践

三千越甲可吞吴

喘息，啁啾，那些碎语

隐喻的尘世

或喧嚣，或嫉妒，如灰烬般的笑

2023 年 7 月 27 日

钢有心

疾驰，打坐
在世间熬，命运
像羊群钉在山坡
嘲讽，或呼号
不足以受到伤害
皮囊里淬炼出
一股子坚毅之水

一出生就骨头疼
卑微，却又倔强
王侯将相宁有种乎

只留一处阔意的白
黑里生，火里死
在光的黎明，长啸而醒
一万滴泪水从眼眶喷出

与苍生做伴

江山浩浩荡荡

日子清贫如水

九十九层高的楼下

是谁的七尺床榻

东海之滨的一群蝼蚁

突然心生佛念

要搬移我离开

云梯有多险峻

天堂就有多隽美

哦，这正是我的忧虑

梦，将永失睡眠

2023年7月28日

钢之花

钢，也要开花

一腔热忱
像破壳日，雏鸟渴望飞翔

终究它不明白
生命的绽放
何须春夏秋冬
自由是多么地奢侈

擦拭过泪花的双手
是一双粗糙的手，它和
一双鲜嫩的手，行走江湖

一朵野花，在
一堆尸骸上选择绽放

请相信

这不是殉葬

它在这里的孑然一身

也许，是在寻找丢弃的回忆

也许，是哪句箴言被牢牢地

铭刻

很多事情，不都能

停留在时间里

钢的花，也很脆弱

容易带走我一场空

2023年7月28日

这就是我的图腾

失眠的是那辆摩托车

很久了，仿佛白马驹
在田野上，脱缰
与时间有关的预言
都一一应验

多想再驰骋上路
爱人的黑发，就像风
或风的方向
松一下油门，再拧紧，
这就是我的图腾
苦过半生，我疼惜
它一路的呻吟
吃力地爬行

锈色渐起
它的眼神里，除过原野

辽阔，还冒出了

一人高的陌生

2023年8月27日

午后，钢花飞溅

午后，钢花飞溅
翼翅，带着闪光的
种子，去人间
构筑属于自己的巢

叶落了一地
时间轮回，尚未至秋日
它们在我的脚下翻滚

浩荡而来，啊，不
它们是雪花，来酿造人间
烟火气息，或许
这就是今生的宿命

用生命相恋的圆环，焊接
如齿轮相互依存
如果用来锻造一把镰刀
我将放归山林

用它锋利的刃，斩断微凉

换回一生的所爱

2023年9月1日

吊在半空的钢

钢被起重机吊着
羽翅收起，小心翼翼
犹如步履蹒跚的人
伫立在深渊面前，风
匆忙逃离

谁，将熔液铸成精神
收纳阳光，燃烧花朵
午后的明媚紧迫
汗水无路可退

大地有我卑微的家园
摇曳的烛光，我谢绝一切
有关饕餮的盛宴

风来了就去吧
去比牧场更遥远的地方
登上那辆破旧的卡车

吐出浓稠的烟雾

一双粗糙的手，夹着

一颗粗劣的烟头

示意另一种路途

已然复活

2023 年 9 月 3 日

右侧，疾驰的拉钢车

是的，我的右侧
绿色重卡正在超越
倾斜的车身
钢，插在它的肩头
跨越时间，不是没有可能

疾驰，或赶往的前路
无非是他
放不下的执念
抑或，跑完这趟活计
就该追上女儿求学的绿皮火车
再远的路，也是一袋烟的工夫

谁会没有来由地爱
父母在右，子女在左
都是最要紧的事
气息在，疾驰一如欸乃
摇荡岁月成歌

你与钢，常年为伍

像一匹骏马，钢的御用坐骑

驮着梦，奔赴山丘

由远及近的，腾挪变换的空间

愈行，也愈隽远

2023 年 9 月 5 日

左侧，喘息的拉钢车

停下来，不是奢望光阴逝去
再归来，暂作喘息，只是疲惫
被牢牢摁在
我的左侧，相信命运
不会就此沉默

车，跟随你
向终点行进，骨节
一路叮咣喊着疼痛
两千度高温的熔炼
如风暴过尽
湖海，难复平静
山崖，前额绽放，
难以消散耳语萦绕

挡风玻璃上，你的愁容
迎着风雨，被吹散在
春秋五十度的方向

仿佛拉钢的车

在我的左侧不停地喘息

2023年9月12日

晨钟之谜

拆解汉字，涌入
金，木，水，火，土
一炉炉淬炼
灵魂仁慈
在道场，群峰修炼
晨钟之谜

大海也曾青春滚烫
浪花如小篆，绽放洁白
在辽阔的宣纸上
那篆体，有几划可尊为知音

在人间，钢作为
钟的前世今生
怀揣几分柔软
心，便携着多少刚直

钟声被鸟追逐

我尚听不出悠扬

袭过了楼海，同样

喊不出脚下桥的名讳

2023年9月24日

与钢握手

握住钢，它喊了声痛

铁锹在掌中
把汗渍和种子一起种下
拱破土，而后开出花

为大厦立身
如芒在背的光
隐藏其中，假如
时间可以倒流
我们回到山中
你做你，我做我
我们有不期而遇的春天

然而，你用一个有硬度的词
改变了世界，上升了
某段历史的意志
这就是宿命吧

钢也有菩提心

人类一生的堡垒

溢满了真实的虚无

2023 年 10 月 19 日

暮年

钢在暮年
未呈现憔色给谁
鼓声穿越了群山的萦绕

回收暮年的人
也眷恋着锈色
黄昏在头顶上
种下一片白云
不开花也不愿结出果

2023年11月27日

为钢起名

我向母亲讨要
她在佛前的祈祷
梦，发出锈香
日子，在赶路

麦子，玉米，金谷
都忙于自己的壳
钢，在熔炉内彷徨
这个世界
佛
附身于万物

为钢起名
完成它最后的正心

2023 年 12 月 15 日

钢之轻

太行深处

一树梨花，压弯了春天

母亲，我突然明白

您为我起名的用意

您希望我是梨之骨

撑起皲裂的躯干

城郭的脊梁

我擅自远行

带着犁铧的翻飞和山河的奔流

多年后，那座山老了

那棵老树，在我们的院落

摇曳着梨花般的

钢之轻

2023年12月21日

落叶钢

目睹落叶

从你身体消失

目睹原野用辽阔收纳

你尊严的孤独

目睹落叶蜕变的痛苦

目睹双手枯枝般伸向天际

目睹你眼含热泪，梦回繁华

目睹你一身灰衣跳出炉膛

目睹你用黑夜取代黑夜

目睹你用岁月金黄取代

为你守夜的人

目睹你矗立在地平线

像母亲清扫落叶的背影

目睹落叶长出锈迹

钢，降下最后一片叶

2023 年 12 月 22 日

一只鸟飞过钢梁上空

钢梁幸存于

尚需慰藉的人间

像桥横跨两山

宽阔的河挡不住

往返的灵魂

一只鸟，飞过钢梁上空

钢，面带窘色

鸟，眼神不屑

钢梁

笑看众生，涉过忘川河

横斜在河面上

一声叹息

2024年1月3日

寻回

从铁精粉里捞上来
球磨机咀嚼的矿石
失去了
矿山的巍峨与沧桑

接受烈焰
成为刀刃上那块好钢
为世界打造一把快刀
深翻大地，磨砺
犁铧
寻回走失的魂
钢，披上了铠甲

2024年1月6日

鸟落在炉顶

一只鸟，落在炉顶

让高炉有了生命的气息

午后，它飞了

六个小时的欢腾

掩盖了一座废弃的寂寞

暗红的锈迹

和荒芜的厂房躲在一起

暴雨都不曾现身

整夜数天上的星

不知高炉的心

会不会偶尔思念一下

那只陪伴它六小时的小鸟

2024年1月22日

高炉一直醒着

伫立了很久
昨天的云彩，又走远了
野草重新从炉缝间长出新的茎叶
生命正在轮回

铁锈长出了鱼鳞
风在咀嚼浪花的碎叶

铁的世界
有烈焰，有灰烬和决绝
如荒草，有欲望和挣扎
说到底
万物都在世间轮回

2024 年 1 月 22 日

高炉与我

你是世界的一部分
你的孤独与彷徨
我看不见
却可以触摸到

像听到漳河没有乐谱的歌唱
高炉的歌声
期待一种救赎

你我如此之近
我突然明白了
你的彷徨也是我的彷徨
你的坚韧也是我的坚韧
钢走进了我的梦

2024年2月7日

图书在版编目（CIP）数据

找回钢的灵魂 / 王六成著. -- 北京：作家出版社，
2024. 10 -- ISBN 978-7-5212-3072-7

Ⅰ．I227

中国国家版本馆 CIP 数据核字第 2024NJ9069 号

找回钢的灵魂

作　　者：王六成
策　　划：途欢途乐
责任编辑：秦　悦
装帧设计：薛　怡
出版发行：作家出版社有限公司
社　　址：北京农展馆南里 10 号　　邮　　编：100125
电话传真：86-10-65067186（发行中心）
　　　　　86-10-65004079（总编室）
E-mail:zuojia@zuojia.net.cn
http://www.zuojiachubanshe.com
印　　刷：北京华联印刷有限公司
成品尺寸：145×210
字　　数：90 千
印　　张：7.75
版　　次：2024 年 10 月第 1 版
印　　次：2024 年 10 月第 1 次印刷
ISBN　978-7-5212-3072-7
定　　价：88.00 元